找回
自信的米凯拉

Mikaela Finds Her Voice

自信心 | Confidence

［澳］肯·斯皮尔曼 / 著　［新加坡］陈俊强 / 绘　彭安琪 / 译

四川科学技术出版社

第一章

爸爸喜欢讲话——当他说"讲话"的时候，可不仅仅是指说话而已。

爸爸指的是用洪亮的声音做一次演讲。他是演讲俱乐部的会员，米凯拉看过他许多精彩表现。

爸爸的演讲水平不能仅仅用"好"来形容，他简直是棒极了！他得过不少奖，米凯拉对此很骄傲。

但米凯拉一点儿也不像爸爸，如果可以，她希望永远不用在公共场合讲话。

"好害羞啊！"人们会说，"真可爱！"

"小时候我也很害羞，"爸爸会说，"关键是自信。米凯拉会找到感觉的，不信我们走着瞧。"

米凯拉不希望人们走着瞧，总之不要瞧她就好了，不然他们会大失所望的。

跳舞就不一样了。米凯拉跳舞的时候一点儿都不害羞，连临近演出的时候她都能泰然自若。

　　跳舞的时候只需要移动肢体，不需要说话。她太喜欢这一点了！

对米凯拉来说，跟不熟悉的人说话令她感到恐惧，这种感觉一点儿也不好玩。

就像是一头巨大而丑陋的怪兽，对话语如饥似渴——她的话语。在她还没来得及说出口的时候，整句话就被怪兽一口气吞掉了。其他话也被它弄得七零八落，留下她面红耳赤。

妈妈也不觉得米凯拉尴尬的沉默很可爱。

家里来客人之后，妈妈看起来总是有点儿失望。"米凯拉，当大人跟你说话的时候，你必须看着他们的眼睛。还有拜托你，尽量一字一句地回答他们的话。人们不会想跟木头说话的。"

米凯拉认真地考虑了一下，她是不是这个世界上唯一一个宁愿跟木头说话的人呢？木头不会注意到她说话时结结巴巴，不会评判她，也不会对她的羞怯指指点点。

第二章

当爸爸宣布他的演讲俱乐部开设了儿童演讲课程时，米凯拉知道接下来他想说什么。

"正适合你，米凯拉——你会喜欢的！"

演讲课和米凯拉的舞蹈课冲突了，但是妈妈也希望她参加这个班。

"缺掉一个学期的舞蹈课不是很要紧。你是个聪明孩子，亲爱的。我们都知道。但是除非你锻炼好说话的能力，否则可能有其他人……"

　　妈妈的声音越来越小，爸爸接过话：

　　"关键是你看待自己的方式。这将有益于你树立自信，米凯拉。"

　　爸爸和妈妈心意已决。不论米凯拉想不想上课，他们都会给她报名。

"但是爸爸，"她小声说，"如果我做不到呢？而且我想继续跳舞……"

爸爸拍着她的肩膀，温和地说：

"在你尝试过后，你可以回去跳舞。我也曾经过一番努力才战胜了恐惧，相信你也可以。你会没事的，我保证。"

　　米凯拉不想让爸爸失望。同时，她不敢
相信爸爸也曾有和她一样的感受——被潜伏
在喉咙里的怪兽吞掉了话语。

　　在她心目中，爸爸就是爸爸，很厉害，很
难想象以前的他跟自己所知道的出入这么大。

　　米凯拉想象着自己站在麦克风前，支支吾吾说不出一个字。会不会所有人都嘲笑她？或者他们会觉得她可怜？无论如何，她都会想钻到地缝儿里去。

　　人们常说失败是成功之母，米凯拉可不这么认为。

第三章

　　演讲班上还有其他五个小孩，而且都是男孩。老师名叫杜塔。

　　"口才，"他说，"谁知道这是什么意思？"

　　米凯拉知道，但是努力装成不懂的样子。其他男孩可以替她回答杜老师这个问题。

"它的意思是你擅长语言。"伊萨说。

"是口语，"杜老师纠正道，"但是它还暗含着另一层意思——有口才的人拥有口头交际的天赋。"他扫视了一圈，"我相信我们都天生具有这种能力——我们每一个人。有的人只需要将它释放出来。"

16

杜老师说的话听起来像老爸。米凯拉想知道他打算怎么释放她的语言天赋。

　　"很多成年人也害怕演讲。"杜老师说，"所以如果你觉得紧张，别太在意。如果真正用心的话，每个人都可以克服这种感觉。"

　　接下来的环节让米凯拉吓了一跳。杜老师要每个学生都以"一头蓝色的豹子"为题做一个简短的演讲，而且他只给了他们几分钟的思考时间。

　　一头蓝色的豹子？米凯拉想。这有什么好讲的？

　　杜老师看起来并不疯狂啊——为什么他

要让他们讲这么一个疯狂的主题？

　　菲利普第一个讲。他用很多比喻细致入微地刻画了一头普通的豹子，最后补充道：这头豹子是蓝色的。伊萨另辟蹊径，他用诗一样的语言描述了豹子蓝色的皮毛。

　　"除了它的颜色以外，"伊萨最后说，"这头豹子没什么特别的。"

　　杜老师点了点头。"米凯拉——该你了。"

　　米凯拉急得眼泪都出来了。

　　菲利普和伊萨几乎没有停顿，都是一气呵成。他们的描述都棒极了。

　　而她满脑子都是和这个主题一样疯狂的想法。

　　"从前有一只小豹子，"米凯拉开始了，"它不知道颜色是什么……"她迟疑了一下，深吸一口气。"它是色盲。有一天，它听说天空是蓝色的。它想拥有天空般的颜色，因为天空很大，而它也想长大……"

　　"停下来，"杜老师说，"足够了。"

米凯拉像一只泄了气的皮球。"就知道我会搞砸的……"她想。

　　"你们看看米凯拉，"杜老师对男孩们说，"她开始给我们讲一个故事。"

　　"对不起，老师，我……"

杜老师握起她的手："乖孩子！不用道歉，你所说的正是我满心期待的。单纯的描述会让演讲变得有点儿无聊，是不是？但是故事……啊！我们永远听不够。"

　　米凯拉一下子信心倍增，她仔细倾听着老师的每一句话。

23

第四章

上第二堂演讲课的时候，米凯拉不再那么担心丢脸了。

杜老师的课堂很有趣，而且——尽管米凯拉怀念跳舞——但很快她就开始盼着上他的课。

她学会了怎么构思演讲，还知道了不少脱稿演讲的小窍门儿。杜老师教了他们很多思考、组织和表达的方法。

课后，每个学生都会针对老师给的题目准备一次演讲。他们互相点评彼此演讲的长处，并礼貌地给出提升的建议。

米凯拉曾经觉得自己不可能像菲利普那样自信地讲话，但是似乎所有人都对她的奇思妙想惊叹不已。有时候，甚至米凯拉自己也不确定是怎么做到的。

　　更多学生加入了课堂，包括一个从幼儿园开始就学习戏剧的女孩艾米。

米凯拉和艾米的表现常常不相上下，通过观察新朋友，米凯拉学到了很多。艾米对节奏和表情的把控，使她的话语锦上添花。

就在学期结束前，杜老师告诉菲利普、艾米和米凯拉，他们的水平已经可以参加演讲或辩论比赛。他给了他们信息表以便他们和父母商量这件事。

妈妈高兴坏了。

"亲爱的，你真棒！你肯定继承了你爸爸的天赋——他知道的话肯定会高兴得飞上天的。"

爸爸去宾馆接他的一位来自澳大利亚的朋友了，米凯拉知道妈妈说得对——爸爸知道后一定会很高兴。

但是比赛意味着要上更多课，再上一学期杜老师的课就意味着她无法回去学跳舞了。米凯拉越想越难过。

爸爸和他的客人回来的时候，妈妈告诉了他米凯拉要参加比赛的消息。

　　"米凯拉，我就知道你能做到！"

　　爸爸转过头对他的客人说：

　　"米凯拉在上演讲课。毫不夸张地说，她以前很害羞，但是现在她老师认为她可以参加辩论赛了。"

　　客人恭喜米凯拉的时候，她礼貌地微笑回应，但是爸爸看得出来她有心事。

　　"你不感到很自豪吗，米凯拉？"

　　米凯拉点了点头。

　　"是的，爸爸。我真的很自豪。"

　　"但是？"

　　"是跳舞的事……我知道您为什么让我上杜老师的课，这些课很棒。现在我真的自信多了。事实上，可能我跳舞永远都不会有演讲厉害——但是下学期，我真正想做的事情是跳舞。"

爸爸和妈妈对视了一下。

"我们可以稍后再聊这件事情，亲爱的。"妈妈说。

晚饭后，爸爸把客人送回宾馆，而妈妈和米凯拉在看电视。

"先把电视关一会儿，亲爱的。"妈妈说。

米凯拉按了一下遥控器，妈妈继续说道：

"我在想，你喜爱你的舞蹈课。今天晚上你这样说出自己的想法很好——不久之前，有客人在场的时候，你甚至连两个字都很难说出口。我们答应过你可以回去学舞蹈，所以……如果爸爸同意的话……"

正如想的那样，爸爸和妈妈的看法一致。

"你坦诚而慎重地表达了自己的感受，米凯拉。如果你认为跳舞比演讲更重要，我尊重你的选择。"

米凯拉会想念杜老师，她也会想念艾米。但是没有任何其他事情能像舞蹈一样让她快乐，所以她非选舞蹈不可。

大家一起来讨论

1. 跟陌生人讲话的时候，米凯拉通常是什么反应？

2. 你认为，米凯拉为什么害怕跟陌生人说话？

3. 米凯拉想象在演讲课上，她站在麦克风前支支吾吾说不出一个字。她确信自己会失败。你认为，爸爸为什么还是想让米凯拉尝试演讲课？

4. 你是否有和米凯拉一样的感受——害怕尝试某些事情，并且确信自己会失败？分享你的经历，说说自己为什么这么认为。

5. 在首次演讲课上，米凯拉还没来得及讲完"一头蓝色的豹子"的故事，杜老师就制止了她。米凯拉的第一反应是她搞砸了，但事实并非如此。为什么杜老师制止米凯拉？

6. 尽管一开始米凯拉不想上演讲课，但是演讲课帮她克服了最初的恐惧，最终使她树立自信。这个课程是怎么做到的？

7. 上了一个学期的演讲课后，米凯拉对自己能力的评价是什么？

8. 既然米凯拉觉得她跳舞不如演讲出色，而且她会想念杜老师和她的朋友艾米，为什么她还是选择回去跳舞，而非继续学习演讲呢？

9. 以前你害怕尝试的事情，在你真正尝试的时候结果如何？分享你的经历。

10. 看到米凯拉树立自信、克服对演讲的恐惧后，你是否觉得过去有些事情自己能处理得更好呢？从米凯拉树立自信的努力中，我们可以学习到什么？